검정소금 붉은도깨비

검정소금 붉은도깨비

③ 잔별늪과 물꼬대왕

초판1쇄 펴냄 | 2012년 11월 30일
초판2쇄 펴냄 | 2013년 7월 15일

글 | 김우경
그림 | 장순일
편집 | 여연화
디자인 | 인디나인
표지 글씨 | 박찬우
펴낸이 | 정낙묵
펴낸 곳 | 도서출판 고인돌
주소 | 경기도 파주시 교하읍 문발리 617-12 1층 우편번호 413-832
전화 | (031) 943-2152
전송 | (031) 943-2153
손전화 | 010-2261-2654
전자우편 | goindol08@hanmail.net
인쇄 | (주) 미래프린팅
출판등록 | 제 406-2008-000009호

값 10,000원
ISBN 978-89-94372-50-1 74810
ISBN 978-89-94372-47-1 (세트)

「이 도서의 국립중앙도서관 출판시도서목록(CIP)은 e-CIP 홈페이지
(http://www.nl.go.kr/ecip)와 국가자료공동목록시스템(http://www.nl.go.kr/kolisnet)에서
이용하실 수 있습니다.
(CIP제어번호: CIP2012004848)

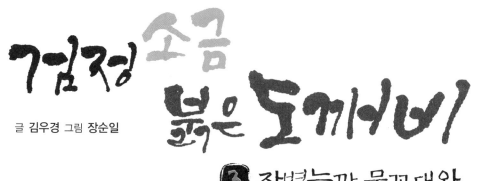

글 김우경 그림 장순일

3 잔별늪과 물꼬대왕

고인돌

 차례

15. 숯골 곰실 마을

굴 안으로 들어섰다. 캄캄해서 아무것도 안 보였다. 그런데 몇 걸음 더 들어가자 갑자기 앞이 환하게 밝아졌다. 해를 마주 볼 때처럼 눈이 부셔서 앞이 온통 하얗게 보였다. 눈을 감았다가 다시 뜨자 집이 한 채 나타났다. 싸리나무로 엮은 사립문이 살짝 열려 있어서 발걸음이 저절로 마당으로 이어졌다.

방 한 칸에 부엌 한 칸, 좁은 앞마루가 딸린 오두막이었다. 마당 왼편으로 헛간이 있는데, 얼핏 보니 어둑한 구석에 삼태기 아저씨가 등을 보이며 웅크리고 있었다.

"힛, 거기 숨어 있으면 못 찾을 줄 알았어요?"

소금이가 달려가서 헛간을 들여다보니 삼태기 아저씨뿐 아니라 괭이와 호미, 지겟작대기 아저씨까지 벽에 몸을 기댄 채 숨어 있었다.

"거기 시렁 위에 멍석 아저씨랑 도리깨 아저씨도 들켰으니까 내려오세요!"

이번에는 부엌으로 달려갔다. 부엌 아궁이에서 부지깽이 아저씨를 찾고, 살강에서 사발과 주걱 아저씨를 찾았다. 그런 다음 빗자루와 홍두깨 아저씨를 찾아 마루로 왔을 때였다.

"너 누구얏!"

어디서 나는 소리인지 몰라서 두리번거리다가 얼결에 절굿공이 아저씨를 찾았다. 아저씨가 마당가 나무 절구통 안에 몸을 반만 감춘 채 숨어 있었다.

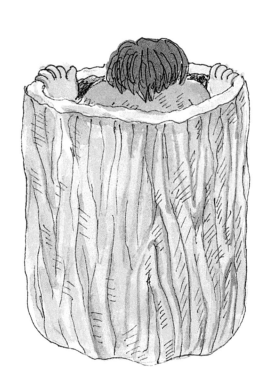

"도둑이야?"

사립문 옆 나무 위에서 나는 소리였다. 둥글넓적한 잎사귀 사이로 여자아이가 보였다.

"도둑 아니야."

"여기는 우리 집이야. 도둑이 아니면 왜 남의 집 헛간이랑 부엌을 기웃거려? 아까부터 지켜보고 있었어. 방문도 열어 보려고 했지?"

"홍두깨 아저씨를 찾으려고. 근데 왜 거기 올라가 있어?"

"저 날다람쥐 때문에. 아직 여물지도 않은 호두를 저 녀석이 자꾸 건드리잖아."

"어, 하늘보자기!"

날다람쥐가 사립문 바깥 넓적한 바위 위에서 나무 위를 넘보고 있었다. 그러고 보니 사립문 바깥에 옛날 무덤이 커다랗게 버티고 있었다. 솔밭 너머로 멀리 깔딱고개도 보였다. 어떻게 된 일인가 싶어서 다시 날다람쥐를 보았다. 날다람쥐가 소금이에게 알 수 없는 손짓을 하더니 옛날 무덤 안으로 쪼르르 사라졌다.

"하늘보자기, 기다려!"

그러자 호두나무 위에서 아이가 물었다.

"저 다람쥐랑 알아?"

"응, 이 도깨비골에 함께 왔어."

"도깨비골? 여기는 숯골 곰실 마을이야. 너, 어디서 왔는데?"

"함지골에서 왔어. 깔딱고개를 넘어서."

"함지골은 나도 들어 봤어! 선녀골도 알겠네? 이리 올라와 봐, 얼

른!"

아이가 호두나무를 흔들면서 말했다. 소금이가 나무 위로 올라갔다.

"이름이 뭐야?"

"남소금. 처음에는 남이름이었어."

"호호, 나는 남이름이 더 마음에 들어. 성이 남씨구나. 석구 오빠랑 같네. 저기 저 집이 석구 오빠네 집이야. 야, 남석구! 석구 오빠아!"

뒷산이 울리도록 불러도 대답이 없었다.

"장에 숯 팔러 갔나? 깔딱고개 넘어올 때 숯 지고 가는 아이 못 봤니?"

"못 봤어."

나무 위에서 둘러보니 마을이 아주 작았다. 집이 세 집뿐이었다. 두 집은 서로 붙어 있고 한 집은 따로 떨어져 있는데, 떨어져 있는 집이 석구네 집이었다. 남석구. 신기하게 소금이 아버지랑 이름이 똑같았다.

"너는 좋겠다. 나는 아직 깔딱고개

너머로 한 번도 못 나가 봤는데. 여기는 왜 왔어?"

"도깨비골에서 김 서방 아저씨들이랑 숨바꼭질하다가……. 인제 홍두깨 아저씨만 찾으면 돼."

"너, 도깨비들 만났니?"

"응."

"도깨비들이랑 숨바꼭질을 했어?"

"응, 내가 술래야."

"큰일이네. 도깨비한테 홀려서 아직도 정신을 못 차리는구나. 어떡하니? 집에는 돌아갈 수 있겠어? 석구 오빠가 있으면 데려다 줄 텐데. 어서 내려가자."

호두나무에서 마당으로 내려왔다. 마당가 절구통에 숨어 있던 절굿공이 아저씨가 그사이 사라지고 안 보였다.

"엄마랑 아버지가 숯막에서 돌아올 때가 되었어. 조금만 기다려. 밥부터 안쳐 놓고, 어떻게 하면 좋을지 생각해 보자."

그러면서 아이는 부엌으로 들어갔다. 소금이는 헛간으로 가 보았다. 삼태기 아저씨도 안 보이고 호미랑 괭이, 지겟작대기 아저씨도 안 보였다. 시렁에 있던 도리깨랑 멍석 아저씨도 안 보였다. 주걱이랑 사발, 부지깽이 아저씨가 있는 부엌 쪽으로 고개를 돌렸을 때였다. 세상에나, 부엌이 흐릿하게 사라지고 있었다. 마치 그림이 지워지듯이, 누군가가 지우개로 그림을 지우듯이, 마루도 사라지고 방문도 사라지고 지붕도 사라지고 있었다. 헛간 쪽을 보자 헛간도 사라지고 있었다. 호두나무는 벌써 사라지고 없었다. 이웃집도 없어지고, 마당도 조금씩 지워져 없어졌다.

소금이는 얼른 돌아서서 그새 사라지고 없는 사립문을 지나 옛날 무덤 쪽으로 뛰었다. 누가 커다란 지우개로 소금이를 지우려고 쫓아오는 것 같았다. 재빨리 너럭바위 아래 굴로 들어섰다. 까딱했으면 발뒤꿈치가 지워져 없어질 뻔했다.

굴 안은 캄캄했다. 캄캄하니까 오히려 마음이 놓였다. 마침 굴 저쪽 바깥에서 어떤 소리가 들렸다.

"쉿! 온다, 온다."

굴 앞에 김 서방 아저씨들이 모여 있다가, 안 그랬다는 듯이 재빨리 흩어졌다. 하늘보자기도 재밌다는 듯이 소나무 위로 부리나케 달

아났다.

"혹시 아저씨들이 지웠어요?"

"뭘?"

"곰실 마을 말이에요."

"아니야. 근데 술래가 끝까지 찾지도 않고 딴짓을 하면 어떡하니? 아무튼 거기 너무 오래 있으면 안 돼."

홍두깨 아저씨가 말했다.

"왜요?"

"그냥 안 돼. 돌아오는 길을 잃을 수도 있고, 자칫하면 너를 잃어버릴 수도 있어."

"으, 나도 지워질 뻔했어요. 그 아이는 어떻게 됐어요? 부엌에 있었는데 집이랑 함께 사라졌어요! 지워지면 끝이에요?"

"그 아이는 처음부터 거기 살던 아이니까 괜찮아."

"다시 들어가서 한 번만 더 만나고 오면 안 돼요?"

"하하, 안 돼. 못 들어가."

소금이는 다시 들어가 보려고 옛날 무덤 바위기둥 사이를 살폈다. 그런데 어느새 굴이 막혀 있었다.

"누가 막았어요?"

"누가 막은 게 아니라, 숨바꼭질이 끝나면 저절로 막혀."

더벅머리 김 서방 아저씨가 나직이 말했다.

"그럼 숨바꼭질 한 번 더 해요!"

그러자 털북숭이 으뜸도깨비 멍석 아저씨가 나섰다.

"이제 함지골로 돌아가. 우리도 그만 놀 거야. 가서 산신령님한테 개암골에 물구멍이 두 개나 뚫렸다고 말해."

"딱 한 번만 더 하면 안 돼요?"

"안 돼. 멧돼지 식구들도 찾아봐야 해. 개암골에 살다가 사람이 산을 파헤치는 바람에 어디론가 피해 갔는데 아직 간 데를 몰라."

"혹시 사람에게 잡혀가지 않았을까요?"

날다람쥐가 물었다.

"그러니까 빨리 알아봐야 해. 그리고 저 얄궂게 생긴 방망이, 우리는 쓸 줄 모른다고 산신령님한테 말해. 사람들이 언제부터인가 도깨

비방망이 이야기에 솔깃해 하는 줄은 알지만, 우리는 저런 방망이
안 써. 그래도 두고 가렴. 등 긁개로나 쓰게."

"보자기는 주세요. 다음에 올 때 메밀묵 많이 싸 올게요. 그리고
숨바꼭질 꼭 다시 해야 해요."

땅딸보 사발 아저씨가 방망이를
싼 보자기를 휘리릭 풀었다. 그런
다음 보자기를 신문 접듯이 반
으로 착착 접으면서 중얼거렸다.

"쩝, 수수팥떡도 정말 맛있는데……."

"알았어요. 우리 아부지한테 말해 볼게요."

그러자 사발 아저씨가 딱지만 하게 접었던 보자
기를 던져 올렸다. 보자기가 이불만큼 커져서 너울
거렸다.

"헤헤, 여기에 한 보따리 싸 와. 알았지?"

아저씨가 보자기를 다시 딱지 크기로 접어서 건
넸다.

"보자기 늘리기랑 솔방울로 굴뚝새 날리는 것도 다음에 오면 가르쳐 주세요."

"요 녀석아, 누구 맘대로!"

갑자기 털북숭이 멍석 아저씨가 소금이 머리로 팔을 쭈욱 뻗더니 머리카락을 한 올 뽑았다.

"아얏!"

그러더니 자기 붉은 머리카락도 한 올 뽑았다. 다른 아저씨들도 스스로 머리카락을 한 올씩 뽑았다.

"또 뭘 보여 줄 건데요?"

날다람쥐도 옆에서 묻다가 꼬리털을 여러 가닥 뽑혔다. 멍석 아저씨는 털을 가지런히 모아서 큼직한 손바닥으로 슥슥 비비더니 붓 한 자루를 만들어 냈다.

"앞으로 혹시 우리한테 뭐 알릴 일이 있으면 이 붓으로 알려."

"어떻게요?"

"붓으로 글씨나 그림을 그려서 대문

밖에 붙여 놓으면 우리가 알게 돼."

소금이는 아저씨한테서 붓을 받았다.

"뭐로 그려요? 먹물로요?"

"뭐든. 침을 묻혀 그려도 되고 맹물로 그려도 되고 풀물이나 열매
즙으로 그려도 되고."

"알겠어요. 아, 까먹을 뻔했다. 우리 집 앞에 꾸지뽕나무가 있는데
요, 수나무가 없어서 열매를 못 맺어요.
혹시 수나무 만나면 좀 알려 주세요."

"여기도 없을걸. 저 너머 개암골에는
있을지 몰라. 멧돼지 소식 알아보러 다
니다가 혹시 눈에 띄면 데려다 주마."

꾸지뽕나무

소금이는 김 서방 아저씨들한테 인사를
하고 깔딱고개 쪽으로 걸음을 옮겼다. 날다람쥐가 나무 사이를 보자
기처럼 날며 앞에서 길을 잡았다.

맑은 개울을 건너고 비탈을 힘들게 오르자, 고갯마루에 검정이가
마중을 나와 있었다.

"아무 일 없었어? 한참 기다렸어."

"도깨비 아저씨들이랑 숨바꼭질하느라 그랬어."

으뜸샘을 지나 호랑이굴에 닿으니 산신령 할아버지가 벽을 보며 앉아 있었다.

"할아버지, 주무세요?"

"자긴 이 녀석아."

소금이가 도깨비골에 다녀온 이야기를 하자, 다 듣고 나서 엉뚱한 소리를 했다.

"그 여자아이는 어떻더냐?"

"뭐가요?"

"떽, 고얀 녀석! 만나 보니 어떻더냐고!"

16. 임순영과 남석구

호미골 산밭에 닿았다. 콩밭에서 아버지가 콩잎을 따고 있었다.

"아부지, 뭐 해?"

"콩잎 장아찌 담그려고. 도깨비는 만났어?"

"응."

"왜 그리 힘이 없어? 무슨 일이 있어?"

"모자바위 너머 개암골에 누가 물구멍을 두 개나 뚫었대. 거기에 온천을 만들고 골프장을 세울 거래. 아부지는 몰랐어?"

"장에 갔다가 들었어. 어쩌자고 그 골짜기까지 들어와서 그러는지 모르겠다."

"골프는 꼭 산에서 쳐야 해?"

"글쎄, 그걸 왜 쳐야 하는지도 모르겠다. 할아버지는 뭐라서?"

"산신령님은 내가 도깨비 아저씨들이랑 숨바꼭질한 이야기에만 관심이 있어. 딴 말은 안 했어."

"도깨비들이랑 숨바꼭질을 했어?"

"응, 내가 술래였는데, 아저씨들이 곰실 마을로 들어가 숨은 걸 내가 찾아냈어."

"숯골 곰실 마을?"

"아부지도 가 봤어?"

"허, 김 서방들이 재주를 부렸나 보네."

아버지가 혼잣말처럼 중얼거렸다. 실바람이 불었다. 콩밭 뒤에 두 줄로 서 있는 수수가 구부정한 몸을 일렁일렁 흔들었다. 이삭이 조금씩 붉은빛을 띠면서 익어 가고 있었다.

"저 수수는 언제쯤 익어?"

수숫대

"수수한테 물어보렴. 근데 왜?"

"익으면 수수팥떡 해 먹게."

"살살 말해. 수수가 듣는다."

"도깨비 아저씨들이 수수팥떡을 좋아한대. 메밀묵이랑 수수팥떡 해 가지고 다시 갈 거야. 또 숨바꼭질 해야지. 그러면 곰실 마을에 갈 수 있어."

아버지가 콩잎을 따다 말고 달팽이산 모자바위 쪽을 돌아보았다.

"참, 아부지! 곰실 마을에 아부지랑 이름이 같은 아이가 있어. 성도 같아. 혹시 장에서 숯짐 지고 숯 팔러 온 아이 못 봤어?"

"봤어. 곰실 마을에 여자아이는 없더냐?"

"있었어! 호두나무 위에 나랑 같이 앉아서 얘기도 했어. 근데 이름을 깜빡하고 안 물어봤네."

"무슨 얘기했는데?"

"내 이름, 소금이보다 이름이가 더 마음에 든대. 아, 그리고 깔딱고개를 넘어서 숯골 밖으로 나가고 싶다고 했어."

호두나무

"어땠어?"

"산신령 할아버지도 아부지랑 똑같이 물었어! 뭐가 어땠냐는 거야?"

"엄마랑…… 닮지 않았던?"

아버지가 콩잎을 보자기에 담으면서 툭 말했다.

"엄마? 엄마랑 왜?"

소금이는 잠깐 멍했다. 눈앞에 곰실 마을 여자아이 얼굴과 엄마 얼굴이 따로 나타나 하나로 포개졌다. 알 듯 말 듯한 얼굴이 웃고 있었다. 얼굴이 다시 둘로 나누어졌다. 아이 얼굴은 그대로인데 엄마 얼굴은 갈수록 흐릿해지면서 다른 모습으로 언뜻언뜻 바뀌다가 끝내 지워지려고 했다.

"그럼 그 여자애가……, 우리 엄마야?"

아버지는 콩잎을 담은 보자기를 둥개둥개 싸 묶었다.

"엄마가 곰실 마을에 살았어?"

"아부지도 거기 살았어."

아버지는 보따리를 옆구리에 끼고 성큼성큼 산길을 내려갔다. 아버지 그림자도 보따리를 끼고 급하게 따라갔다.

"그럼 그 숯 파는 아이가 아부지야?"

숲 속에서 호랑지빠귀가 호리리리리 짝을 불렀다. 해가 숲 그림자를 모두 하나로 섞어 놓고 산 너머로 사라졌다. 새들은 쉴 곳을 찾아 저마다 나무로 깃들

호랑지빠귀

었다. 짐승들도 식구끼리 숲 속 잠자리에 들 것이다. 낮 동안 잠자코 있던 나무들이 천천히 기지개를 켜는 것 같았다.

"얼른 따라와. 집에 가서 말해 주마."

아버지 걸음을 따라 바삐 걸어도 소금이 걸음은 자꾸 뒤처졌다.

그런데 집에 오니 주인아저씨가 와 있었다.

"안녕하세요?"

"오냐, 잘 지냈냐?"

"예, 검정이도 산신령님이랑 잘 지내고 있어요."

"산신령이랑? 그게 뭔 소리냐? 네 아버지가 그러던?"

"진짜로 산신령 할아버지랑 지내요."

아버지는 부엌에서 저녁을 차리느라 바빴다.

"허허, 참. 너도 학교에 가야 할 텐데. 아버지한테 기껏 산신령이니 호랑이니 하는 이야기나 듣고 있으니, 원. 이봐, 남 씨! 내 저녁은 신경 쓰지 마. 오는 길에 술을 한잔했더니 생각 없어."

주인아저씨는 술 때문인지 기분이 좋아 보였다.

"어디서 술을 하셨는데요?"

"아, 요 너머에서 내 친구가 일을 하나 벌였거든."

"좋은 일인 모양이네요."

아버지가 상을 차리다가 끼어들었다.

"아직 소문 못 들었소? 맞아, 이건 산신령이 도왔어. 먹는 물 공장을 차리려고 땅을 뚫었는데, 뜨거운 물이 솟아나다니! 이런 행운이 세상에 어디 있겠나."

"물구멍 뚫는 걸 산신령님이 도왔다고요?"

소금이가 냉큼 물었다. 아버지가 찻주전자를 들고 주인아저씨 옆으로 왔다.

"소금아, 상 차려 놨으니까 저녁 먹어. 사장님, 이거 요 앞 꾸지뽕 나무 잎으로 달인 차인데, 마셔 보세요."

아버지가 찻잔에 차를 따랐다.

"꾸지뽕이라고? 음, 향이 괜찮군."

"그러니까 개암골에 온천이랑 골프장이 들어선다는 소문이 사실이군요."

"거기가 아주 아름다운 관광지로 바뀔 거요. 장에 나가서 들었소?"

"사장님이 벌이신 일이군요."

"쉿! 그런 말이 밖으로 새나가면 큰일 나요. 장관님 처지를 생각해서라도 내가 겉으로 드러나면 안 되지."

"혹시 장관님도 아셔요?"

"어허, 이 사람이 꼬치꼬치 따지기는! 입조심하라니까."

"참 걱정이네요."

"남 씨가 걱정할 일이 아니야. 남 씨는 저 아이 앞날이나 걱정해요. 참, 이번 주말에 장관님이 휴가차 쉬러 내려올 거니까, 위채 안팎으로 좀 치워 놔요."

주인아저씨가 바깥마당으로 내려섰다. 아버지가 따라나서면서 말

했다.

"숲이 가만히 있지 않을 거예요."

"뭐, 숲이 어쩐다고?"

"나무랑 짐승들이 참지 않을 거라고요."

"하하, 이 딱한 양반. 여기서 외따로 지내다 보니 숲이 무서워진 건가? 밤이면 산짐승이 내려와서 으르렁거리나?"

"제 걱정을 하는 것이 아닙니다. 소금이도 숲을 무서워하지 않아요."

"이봐, 남 씨. 나도 안 무서워. 남 씨는 세상살이에 너무 어두워. 그렇게 꽉 막혀서 어찌 살아갈 거요?"

주인아저씨가 손에 쥔 네모 단추를 누르자 집 밖에 세워 둔 자동차가 우웅 소리를 냈다. 아버지가 차 있는 데까지 따라가면서 말했다.

"숲이 이제 겨우 이 별장을 받아들이고 있는데, 골프장이라니요?"

"어허, 오늘 따라 왜 이런대? 마을에서 반대 바람이라도 불고 있소?"

"환경부 장관님도 그러시면 안 됩니다."

"뭐요? 남 씨, 말을 함부로 하는구먼. 남들이 뭐라 해도 남 씨가 나서서 막아야 할 판에!"

"잘못하시는 걸 가만히 보고 있을 수는 없지요."

"거, 그 고리타분한 생각 좀 고쳐요! 어이구, 답답해서 정말. 얼른 검정이나 붙잡아서 별장에 붙들어 매 놔요."

"말을 안 들어요. 검정이도 숲을 알아 버렸어요."

"그새 들개라도 되었다는 소리요?"

"들개가 아니고 호랑이가 되었어요."

"그렇게 사나워졌어요? 그러게 좀 일찍 찾아보지. 아무튼 데려다 놔요."

"아저씨, 안녕히 가세요."

주인아저씨는 소금이 인사도 안 받고 차를 몰고 가 버렸다.

아버지는 한숨을 쉬면서 저녁을 먹었다.

"아부지, 설거지 내가 할까?"

"아니야."

아버지가 설거지를 하는 동안, 소금이는 털북숭이 명석 도깨비한테 얻은 붓으로 그림을 그렸다. 종이에 꾸지뽕잎 찻물로 그렸다. 뜨

거운 물이 솟는 물구멍을 그려 놓고 그 밑에 이렇게 적었다. '산신령님이 도왔대요.'

그림을 대문에 붙여 놓고 오자 아버지가 설거지를 마치고 들어왔다. 소금이는 아버지한테 다가앉으면서 입을 열었다.

"인제 곰실 마을 이야기해 줘. 그 여자아이 이름이 그럼 임순영이야?"

"응, 곰실은 엄마랑 아버지가 태어나서 자란 마을이야."

"그 마을이 아직 그대로 있어?"

"그건 도깨비 아저씨들이 재주를 부려서 너한테만 보여 준 거야. 벌써 오래전에 없어진 마을이지. 숯골도 도깨비골로 이름이 바뀌었어."

"나는 곰실이 좋던데. 근데 엄마는 왜 밖으로 나오고 싶어 했을까? 엄마가 깔딱고개를 안 넘었으면 좋을 뻔했어."

"아버지도 가끔 그런 생각이 들어. 그런데 엄마는 도시로 나가 돈을 벌어서 달팽이산을 사겠다고 마음먹었어. 숯막에서 날마다 새카맣게 일을 해도 산 임자한테 죄다 떼였거든. 그러니 하루 끼니 잇기도 빠듯했어. 네 엄마가 깔딱고개 넘어 마을을 떠날 때가 열다섯 살이었지."

"그래서 달팽이산을 샀어?"

"아니. 안 사도 달팽이산은 엄마 산이야. 우리 산이지."

"도시에서 돈을 못 벌었어?"

"도시에는 산 임자보다 더 무서운 임자들이 수두룩해. 십 년 뒤에 내가 도시로 찾아가 보니 엄마는 물 먹은 숯 토막처럼 돼 있었어. 은방울꽃 같던 눈빛이 덫에 걸린 산토끼 눈빛처럼 떨고 있었지."

"엄마가 많이 아팠어?"

"응, 아버지는 그런 엄마를 두고 곰실로 돌아올 수가 없었어. 함께 곰실로 오고 싶었는데 도시가 엄마를 놔 주지 않았어. 우리는 함께 살면서 언젠가 곰실로 돌아갈 꿈을 꾸었지. 몇 년 뒤에 네가 태어났어. 그때만큼 행복하던 때가 또 있을까?"

"그런데 엄마는 왜 또 집을 나갔어?"

"엄마 병이 깊어졌거든. 도시가 엄마 정신을 훔쳐 가 버렸어. 도대체 도시가 엄마한테 무슨 짓을 했는지. 엄마는 그걸 되찾으려고 나간 거야."

"아직도 못 찾았을까?"

"글쎄다. 어디서 헤매고 있는지……. 도시가 하도 넓어서 엄마를 찾을 수가 없어."

"정신만 찾으면 엄마 돌아오는 거지?"

"그럼. 틀림없이 이리로 올 거야."

"달팽이산 안 사도 되니까 빨리 오면 좋겠어."

"그러게 말이다. 우리 셋이 곰실에서 살면 얼마나 좋을까."

"햐, 도깨비 아저씨들도 같이!"

호미골 쪽에서 수리부엉이가 '부우 부부우우' 울었다.

수리부엉이

17. 숲이 말을 안 해

다음 날 아침, 소금이가 눈을 뜨자 천장이 빙그르 돌았다. 이부자리에서 일어나니 방바닥이 울렁울렁 너울거렸다. 밤새껏 꿈을 꾼 것 같은데, 하도 뒤죽박죽으로 꾸어서 제대로 생각나는 꿈은 하나도 없었다. 마당으로 나와서 낯을 씻었다. 이마가 뜨거웠다.

"아부지, 이마가 뜨거우면 감기야?"

아버지가 마당가 풀을 뽑다가 이마를 짚어 보았다.

"열이 더 오르지는 않았네. 고단해서 그럴 거야. 자면서 헛소리를 하더라. 밥 먹고, 냄비에 달여 놓은 물 한 잔 마셔."

소금이는 밥 먹고, 냄비 속 약초 물 한 잔 마시고 대문을 나섰다.

"소금아, 고마워. 저기 좀 봐."

집 앞 꾸지뽕나무가 가리키는 곳에, 못 보던 꾸지뽕나무 한 그루가 서 있었다.

"도깨비 아저씨가 데려다 주었구나! 어디 있었니?"

"해넘이고개 아래 부채골에."

수나무가 말했다. 암나무보다 조금 어려 보였다.

"해넘이고개? 혹시 해맞이고개를 말하니?"

"우리 쪽에서는 그렇게 말해."

"그렇구나. 거기 혹시 개암골에 살던 멧돼지 식구 안 갔니?"

"왔어. 부채골 바람목에 자리를 잡았어. 어린 멧돼지가 다 자라면 개암골로 돌아갈 거라고 이를 갈더라."

"거기까지 갔구나."

멧돼지가 식식대는 모습이 눈앞에 저절로 떠올랐다.

잔별늪으로 갔다. 아무도 없고 황소개구리 혼자 느릿느릿 물을 휘젓고 있었다.

"혼자 있니?"

"응, 모두 생각을 모으러 갔어."

"어떤 생각?"

"환경부 장관이 오면 무엇을 어떻게 할지."

"어, 장관님이 별장에 오는 줄 어떻게 알았대?"

"지금 그게 궁금하니? 강에 배가 다닐지도 모르는데."

"배? 낚싯배?"

"아니, 짐을 실어 나르는 큰 배."

"누가 그래?"

"물도깨비가."

"물속에도 도깨비가 있어?"

떡붕어

"떡붕어가 강어귀 애기부들 숲에서 만났대. 배가 다닐 수 있게 강바닥을 파헤치고 산 밑을 뚫어서 물길을 마음대로 바꾼대."

"물도깨비가 왜 그런대?"

"물도깨비가 아니라 사람이!"

"사람이?"

"그래서 그 일로 물속 식구들이 모두 무지개소에 모여 있어."

"숲 속 식구들은?"

"해맞이고개에 모이기로 했대."

"머리가 안 어지러우면 무지개소까지 헤엄칠 수 있겠는데, 지금은 머리에 열이 있어."

"네가 거기까지 찾아올까 봐 여기서 기다렸어. 그러지 말고 해맞이고개에나 가 보렴."

소금이는 황소개구리와 헤어져 함지골로 걸었다. 해맞이고개에 가려면 함지골로 해서 엄나무재를 거쳐 산등성이를 타야 한다. 가는 길에 옴개구리를 만났다. 질척한 돌미나리밭에 혼자 웅크리고 있었다.

"어, 팥떡! 너는 왜 안 갔어?"

"왼돌이가 갔어. 왼돌이가 내 생각을 대신 말해 줄 거야."

"어떤 생각?"

"마땅한 길이 없으면 내 몸속 붉은 구슬을 꺼내 개암골 물구멍을 막으라고."

"야, 무서운 소리 하지 마! 네가 똥으로 누지 않는다면 그럴 일은 없어. 그래서 그렇게 맥이 빠져 있니?"

“암만 애를 써도 구슬이 안 나와.”

“괜찮아. 구슬 아니라도 길이 있을 거야. 내가 장관님한테 말해 볼게.”

그러고 있는데 낯선 토끼 한 마리가 바람을 일으키면서 달려와 섰다.

“네가 소금이지? 산신령님이 급하게 찾으셔.”

"너는 누군데?"

"나는 솔바람. 소나무에 부는 바람처럼 빨리 달려서 솔바람이야. 저어기 부채골에 살아. 멧돼지랑 같이 해넘이고개 모임에 왔어."

"산신령님도 거기 왔어?"

"아니, 검정이라는 개가 너를 찾아왔어. 그래서 나도 함께 찾으러 나선 거야. 검정이는 별장으로 달려갔는데 아직 안 오네."

"산신령님이 왜 오래?"

"몰라. 아무튼 성이 이만큼 나셨대."

그러면서 자기 귀를 한껏 세워 보였다.

"팥떡아, 그러고 있지 말고 솔바람이랑 해맞이고개로 가."

"그래, 함께 가자."

솔바람이 몸을 낮추자 팥떡이 마지못해 등에 올라앉았다.

"털을 꽉 물고 있어. 간다."

솔바람이 풀덤불 사이로 바람처럼 휑 사라져 버렸다. 억새 풀잎이 살짝 흔들리다가 말았다.

소금이는 호랑이굴 쪽으로 걸었다. 첫내골과 선녀골 갈림길에 닿

앞을 때 뒤에서 검정이가 달려왔다.

"어디 있었어? 솔바람 봤어?"

"응, 팥떡이랑 해맞이고개로 갔어. 근데 산신령님이 나를 왜 찾을까?"

"모르겠어. 새벽에 땅딸보 사발도깨비가 다녀갔는데, 그 뒤로 기분이 안 좋으셔."

"그 아저씨가 왜 왔지? 개암골에 또 무슨 일이 생겼나?"

소금이는 서둘러 걸음을 옮겼다. 검정이가 따라붙으면서 말했다.

"근데, 솔바람 정말 잘 달리지?"

"너도 잘 달려."

"솔바람은 어릴 적에 덫에 걸려서 왼쪽 뒷다리 발목을 잃었대. 그래서 천천히 걸을 때는 아직도 다리를 절뚝거려. 하지만 씩씩하게 자라서 지금은 부채골에서 가장 빨리 달리는 토끼가 되었대."

"나는 다리를 저는 줄도 몰랐어. 이름처럼 정말 날쌔게 달리더라."

호랑이굴에 닿았다.

"할아버지, 저 찾았어요?"

개머루덩굴

할아버지는 머리가 아픈지 개머루덩굴로 이마를 동여매고 있었다.

"고얀 녀석, 잘 왔다. 내가 뭐 어쨌다고? 물구멍 뚫는 걸 내가 도왔다고?"

할아버지가 물수리 깃털을 휙 휘두르자 세찬 바람 한 자락이 소금이 가슴으로 날아와서 꽂혔다. 그 바람에 소금이가 휘딱 나자빠졌다.

"주인아저씨가 그랬단 말이에요. 그리고 깃털은 그렇게 쓰는 거 아니에요!"

"야, 이 녀석아, 내가 그딴 일을 왜 도와? 에고, 머리가 아파서 소리도 못 지르겠네. 뜨뜻한 물에 좀 들어가 앉았으면 좋겠어. 이 여름에 왜 이리 몸이 으슬으슬 떨릴까."

"감기 드셨어요? 저도 감기가 들었는지 머리가 살짝 어지러워요. 할아버지, 저랑 개암골에 떡 감으러 가실래요?"

"뭣이? 예끼, 요 생각 없는 녀석!"

할아버지가 다시 깃털을 휘두르자 검정이가 재빨리 소금이 앞으로 뛰어들면서 바람을 대신 맞고 쓰러졌다.

"검정아, 괜찮아?"

소금이가 검정이를 일으켰다. 할아버지가 언뜻 놀란 눈으로 중얼거렸다.

"검정이만도 못한 녀석."

"어, 방금 검정이라고 했어요?"

"네 녀석이 검정이라며!"

"맞아요. 할아버지도 검정이로 보여요?"

그러자 할아버지가 부드럽게 검정이를 불렀다.

"호랑아, 이리 오너라. 앞으로는 저런 녀석 대신 나서지 마."

할아버지는 검정이를 타고 굴 밖으로 나갔다.

"잠깐만요, 저 좀 해맞이고개로 데려다 주세요!"

하지만 소금이 말을 들은 체도 않고 휙 사라져 버렸다.

소금이는 굴을 나와서 선녀골 산등성이를 보고 걸었다. 해맞이고개로 갈 길이 까마득했다. 산길을 얼마쯤 오르자 아래로 선녀골 바위골짜기가 보였다. 물이 골짜기를 흘러내리며 군데군데 둥그렇게 바위웅덩이를 만들어 놓았다. 선녀가 내려와서 멱 감기 딱 좋은 웅덩이.

"소금아, 어디 가?"

고라니 '그러니'가 불쑥 나타났다.

"어, 해맞이고개에. 너는 안 갔니?"

"벌써 다 헤어졌어. 거기서 오는 길이야."

"모두 어떻게 하기로 했어?"

"그건, 다른 동무한테 물어보렴."

고라니가 바쁘다면서 수풀 속으로 사라졌다. 소금이는 길을 바꾸어 함지골 쪽으로 걸었다. 내려오는 길에 떠버리 어치를 만나 다시 물어보았다.

"그게 그러니까 어, 어, 어떻게든 하기로 했어."

어치가 우물쭈물 얼버무리면서 날아가 버렸다.

산딸나무

만나는 동물마다 대답을 시원하게 안 해 주었다. 소금이를 보자마자 웬일인지 슬슬 피하기 바빴다.

"산딸나무야, 무슨 일인지 아니?"

나무들도 하나같이 말을 하지 않았다.

함지골을 지나 잔별늪으로 갔다. 황소개구리가 눈만 내놓고 있다가 물속으로 스르르 사라졌다. 물 위로 자주 튀어 오르던 피라미들도 무슨 일인지 잠잠했다.

집으로 왔다. 몸이 으슬으슬 떨렸다.

"아부지, 숲이 이상해. 자기들끼리 어떤 생각을 모았는데, 나한테는 말을 안 해."

"무슨 일로 생각을 모았는데?"

"개암골 물구멍 때문이지. 장관님이 오는 것도 알고 있어. 잔별늪에서는 강이 파헤쳐지고 큰 배가 다닐지도 모른대."

"할아버지는 뭐라셔?"

"할아버지도 기분이 많이 안 좋아. 개암골에 뜨거운 물 솟아나는 거 할아버지가 도왔다고, 내가 김 서방 아저씨들한테 말했거든."

"주인아저씨가 한 말을 고대로 옮겼구나. 할아버지가 그럴 리가 있겠니."

"그렇다고 그렇게 성을 낼 줄은 몰랐어. 물수리 깃털로 바람을 일으켜서 나를 자빠뜨렸어. 할아버지가 몸살감기를 만났는데, 그 바람에 나도 옮았나 봐. 몸이 으슬으슬 추워."

"할아버지가 감기 드셨어? 약을 좀 달여 드려야겠네."

"나도 옮았다니까."

"알았어. 그나저나 큰일이구나. 숲 속 식구들이 장관님한테 나쁘게는 안 해야 할 텐데."

"멧돼지가 장관님 차로 달려들면 어떡해? 무슨 꿍꿍이인지 아무도 말을 안 해. 할아버지도 별나게 성을 내고."

"어쩌면 할아버지는 사람이 미워져서 너한테 더욱 성을 냈는지 몰라. 옛날에는 도와주고 싶은 사람이 많았을 텐데, 지금은 도와주기 싫은 사람이 자꾸 많아지니까. 혹시 나무들한테는 물어봤니?"

"응, 똑같이 말을 안 해."

"이거 참, 걱정이구나."

18. 장관님 골탕 먹이기

　이틀 동안 비가 내렸다. 첫날에는 하늘이 쩍쩍 갈라지듯이 번갯불이 번쩍이고 천둥소리가 숲을 흔들었다. 굵은 빗방울이 땅을 두드렸다. 바람이 쉬지 않고 빗줄기를 흔들었다. 빗줄기가 대숲처럼 일렁거렸다.

　소금이는 몸이 오슬오슬 떨려서 방에만 있었다. 몸은 추운데 이마와 등에서는 땀이 배어 나왔다. 아버지는 약을 달여서 빗속을 뚫고 호랑이굴에 다녀왔다.

　"산신령님은 어떠셔?"

"많이 나으셨더라. 손수 약풀을 찾아 드셨대. 네 이야기를 했더니 약해 빠진 녀석이라며 혀를 차시더라."

"검정이는?"

"검정이는 이제 정말 호랑이 같더라. 함지골까지 따라와 주었어."

둘째 날에는 비가 참 곱게 내렸다. 빗줄기가 부추 잎처럼 가늘게 내렸다. 바람도 순했다. 나무들은 꼼짝 않고 서서 비를 맞았다. 모두 똑같이 한 가지 생각을 하고 있는 것처럼 보였다. 여느 때 같으면 기다렸다는 듯이 멀리까지 쏘다니곤 할 텐데, 마치 힘을 모람모람 아끼듯이 저마다 자리를 지켰다.

"숲이 너무 조용하구나."

아버지가 말했다. 비가 누그러지고 안개가 걷히면 직박구리나 때까치가 먼저 나와 떠들곤 하는데, 새소리도 안 들렸다.

소금이는 몸이 한결 덜 떨려서 껴입고 있던 긴 소매 옷을 벗었다. 집 앞으로 나오자 꾸지뽕나무가 물었다.

"내일 틀림없이 오니?"

"장관님? 응. 그런데 너희끼리 무슨 일을 꾸미고 있지? 뭔데?"

"미안해. 그건 아직 말할 수 없어."

"그럼 내 말 좀 숲에 알려, 장관님한테 해코지하지 말라고."

소금이는 다시 방으로 들어왔다. 몸이 조금 오스스했다.

다음 날에는 해가 보였다. 얇은 솜구름이 징검다리처럼 드문드문 떠 가다가 잠깐씩 해를 가렸다. 해는 구름 뒤에서도 훤히 빛났다. 아버지는 아침 일찍 집 안팎을 치워 놓고 장관님을 기다렸다. 소금이는 잔별늪에 가 보려고 집을 나섰다.

"아직 물에 들어가면 안 된다."

"무슨 일이 있나 둘러보기만 할 거야."

멱 감기 딱 좋은 날이었다.

잔별늪에 닿았다. 아무도 안 보였다. 그런데 나루터에 못 보던 돛단배가 한 척 매여 있었다. 종이배처럼 하얗고 가벼워 보였다. 돛이 나비 앞날개를 닮았다. 흰나비가 날개를 접고 앉아 있는 모습이었다.

"첫새벽에 사람 여럿이서 끌어다 놓고 갔어."

물가 호랑버들이 말했다.

호랑버들

"여기서 놀던 동무들은 어디 갔어?"

"몰라. 몇몇은 별장 쪽으로 개울을 거슬러 가던데."

소금이는 다시 별장으로 걸었다. 걷다가 달팽이산을 올려다보았다. 첫내골과 선녀골에서 안개가 잠뽁 피어올랐다. 안개는 산이 내뿜는 입김일까. 문득 산이 어마어마하게 큰 달팽이 같다는 생각이 들었다. 그렇다면, 모자바위 너머 개암골 물구멍은 달팽이 등에다 뚫은 구멍이었다.

"아부지, 나루터에 배가 있어. 봤어?"

"장관님이 타실 모양이더라."

장관님은 점심때가 되도록 안 왔다. 기다리다가 점심을 먹고 있는데 전화가 왔다.

"아, 예, 장관님. …… 예? 그럴 리가요. …… 예, 제가 나가 보겠습니다."

아버지는 얼른 밥그릇을 비웠다.

"별일이네. 장관님이 오시다가 길을 잃었대. 수돗물 취수장과 별장으로 갈라지는 갈림길이 안 보여서 여태 헤매셨다는구나."

아버지가 서둘러 나갔다.

소금이가 밥을 다 먹고 마당으로 나오자, 그새 장관님 차가 집 앞에 막 닿았다. 온통 흙탕물을 뒤집어쓴 차에서 운전사와 장관님이 내렸다.

"어우, 이게 무슨 일이람. 글쎄 이 길이 맞다 싶어서 오다 보면 막다른 길이고, 돌아서 가다 보면 또 막다른 길이고, 얼마나 뺑뺑 돌았는지 몰라. 얘야, 잘 지냈니?"

"예, 장관님도요?"

"그래, 그런데 나는 너무 바빴단다. 좀 쉬러 왔더니 오는 길에 더 지쳐 버렸어."

아버지는 꾸지뽕나무를 힐끗 보았다.

"사장님은 안 오시고요?"

아버지가 물었다.

"아, 나중에 오겠다고 했어요. 김 과장은 인제 돌아가서 쉬어요. 운전하느라 힘들었겠어. 그런데 차에 달린 저 기계 엉터리 아니야? 길 안내를 뭐 그따위로 하지? 저 기계 고장 아닌지 좀 알아봐요."

장관님은 옷을 갈아입으려고 방으로 들어갔다. 아버지는 장관님 짐을 차에서 내려 집 안으로 날랐다. 김 과장 아저씨는 차에 튄 흙탕물을 물로 씻었다. 소금이는 꾸지뽕나무한테 다가가서 나직하게 말했다.

"저 아저씨 돌아갈 때는 그러지 마. 주인아저씨 올 때도! 그런데 동물들은 무슨 일을 꾸몄대?"

"알아도 말 못 해."

김 과장 아저씨는 차를 씻고 별장을 떠났다. 군데군데 물이 고여 있는 흙길로 조심조심 차를 몰았다. 그렇게 차가 막 안 보일 때였다.

"으아아! 남 씨, 남 씨!"

장관님이 방에서 소리쳤다. 소금이가 얼른 방으로 달려갔다. 장관님이 욕실 문 앞에 서서 변기를 가리켰다.

"저기, 저 안에!"

소금이가 안을 살펴보니 맑은 물이 고여 있었다.

"그 안에 미꾸라지 없니?"

"없는데요."

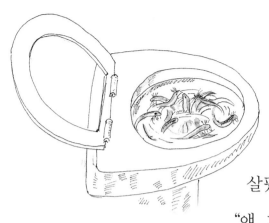

"미꾸라지가 바글바글했어. 내가 잘 못 봤나?"

　장관님이 주춤주춤 들어와서 안을 살폈다. 소금이는 문을 닫고 나왔다.

"얘, 가지 말고 거기 있어."

"예, 걱정하지 마세요."

　집 앞 도랑에 사는 미꾸라지들이 어떻게 변기 안에까지 들어왔을까? 소금이는 방 안을 찬찬히 살폈다. 혹시 능구렁이나 고슴도치가 숨어 있을지도 몰랐다.

　장관님이 볼일을 마치고 손을 씻는지 안에서 물소리가 쏴 났다.

"아악, 이거 뭐야? 아어우우으!"

　장관님이 손을 내저으며 뛰어나왔다.

"왜 그러세요?"

"거머리! 수도꼭지에서 거머리랑 실지렁이가 쏟아졌어."

소금이가 쏟아지는 물을 손바닥으로 받아 보았다. 맑은 물이었다.

"내가 너무 지쳐서 헛것이 보였나?"

소금이는 마땅한 말이 떠오르지 않았다. 그때 밖에서 차 소리가 들렸다. 이윽고 요리사 옷을 입은 사람 둘이서 음식을 날라 왔다.

"내가 시켰어. 너도 같이 먹자."

"저는 점심 먹었어요."

"그럼 옆에 있어. 또 무슨 일이 생길지 마음이 안 놓인다. 과일이라도 좀 먹으렴."

장관님이 과일 접시를 소금이 앞으로 옮겨 주었다. 그리고 자기는 고기 접시를 앞으로 당겨서 갈비를 집어 들고 먹었다.

"고기가 부드럽네. 너도 하나 먹어 봐."

"저는 바나나 먹을래요."

소금이는 바나나를 하나 집어서 껍질을 벗겼다.

"고기도 자주 먹어 봐야 맛을 알지."

장관님은 소갈비를 맛있게 뜯어 먹었다. 소금이는 바나나를 한 입씩 베어 먹었다. 그런데 언뜻 보니 장관님 오른편에 토끼가 한 마리 점잖게 앉아서 갈비를 뜯고 있었다. 소금이가 어쩔 줄 몰라 하는데 장관님이 먼저 말했다.

"애, 너는 풀 먹고 사는 동물이잖아. 그런데 갈비를 먹어?"

그러든지 말든지 토끼는 뻐드름한 앞니로 갈비를 뜯었다. 장관님도 갈비를 뜯으며 이번에는 왼편을 보고 말했다.

"어, 너도 풀을 먹어야 옳잖아."

장관님 왼편에는 고라니가 앉아서 갈비를 뜯고 있었다. 소금이가 보다 못해 소리쳤다.

"야, 너네 이러지 마!"

그 바람에 장관님이 제정신을 차렸다. 밖으로 어슬렁어슬렁 나가는 고라니와 토끼를 보더니 갈비를 내던지며 늑대처럼 소리를 질렀다.

"어우우우! 이게 대체 어찌 된 일이람. 너도 봤지?"

"냄새를 맡고 왔나 봐요."

"갈비 뜯어 먹는 거 봤지?"

"그건 그냥, 장관님을 따라 한 거예요. 걔들은 원래 고기 안 먹어요."

"보고도 그러니? 이건 뭔가 크게 잘못되었어. 토끼가 고기를 먹다니! 먹고 싶은 마음이 싹 없어지네. 그런데 이건 무슨 요리지? 바닷가재는 아니고."

장관님이 둥글넓적한 접시에 담긴 요리를 젓가락으로 건드렸다. 그러자 자라가 등껍질 속에서 머리와 다리를 슬그머니 내밀었다.

"어머낫!"

장관님이 깜짝 놀라서 젓가락을 떨어뜨렸다. 그리고는 팔을 벌벌 떨며 아버지를 찾았다. 아버지가 들어와서 자라를 붙들고 나갔다.

"후유, 요리사가 그러지는 않았겠지?"

"아무도 안 그랬어요. 자라가 스스로 한 일이에요."

"자라를 아니?"

"예, 잔별늪에 살아요. 아까 그 토끼는 해맞이고개 아래에 살고요, 고라니는 첫내골에 살아요."

"걔들이 나한테 왜 이런다니?"

"한번 잘 생각해 보세요."

"마치 도깨비한테 홀린 기분이야."

마당으로 나왔다. 아버지가 마당가에서 어떤 나무를 붙잡고 힘을 쏟고 있었다.

아버지는 집 밖으로 내보내려 하고 나무는 그 자리에 있으려고 버텼다. 장관님이 보고 물었다.

"그게 무슨 나무요?"

"옻나무인데요, 이 녀석이 자기 자리도 아닌데……."

"옻나무요? 에그, 안 뽑히면 베어 버려요. 나는 옻을

옻나무

많이 타는데, 대체 누가 심었지?"

"제가 알아서 하겠습니다. 잔별늪으로 바람이나 쐬고 오시지요."

"그래야겠어. 배를 타면 기분이 좋아질 거야. 이름을 소금이로 바꾸었다고 했나? 소금이도 갈래?"

소금이는 장관님과 함께 잔별늪 쪽으로 걸었다. 그런데 늘 오가던

길이 어쩐지 낯설었다. 가만히 보니 나무들이 자꾸 엉뚱한 곳으로 길을 내고 있었다.

"야, 짓궂게 이러지 마."

소금이가 말했다. 그래도 길은 자꾸 다른 데로 이어졌다.

"숲이 이상해. 그만 돌아가자."

하지만 장관님은 돌아서자마자 외마디소리를 내질렀다. 숲에 사는 동물들이 돌아가는 길을 꽉 메우고 다가오고 있었다. 멧돼지 식

구가 맨 앞에서 걸었다. 장관님은 놀라서 달아났다. 소금이가 팔을 벌리면서 말했다.

"이러지 마! 이건 좋은 방법이 아니야."

동물들은 소금이를 그대로 지나쳐서 장관님을 따라갔다. 소금이는 얼결에 맨 뒤에서 따라갔다. 장관님은 맨 앞에서 나무들이 내어 주는 길을 따라 뛰었다. 개울을 건너고 비탈을 올랐다.

"엇, 배다! 배가 왜 저기 있어?"

장관님이 무심코 돌아서며 물었다. 돛단배가 물오름재 마당바위 위에 동그마니 얹혀 있었다. 소금이가 새에게 물었다.

"혹시 너희가 옮겼니?"

"그럼 배가 날아왔겠어?"

노랑할미새가 말했다. 장관님은 그새 마당바위로 가서 배를 살폈다. 어린 멧돼지들이 멋모르고 졸졸 따라다녔다.

"배에 오르고 싶은 모양인데, 누가 사다리 노릇 좀 해야겠어."

어미 멧돼지 말에 뱀들이 나섰다. 뱀이 서로 몸을 꼬아 이어서 줄사다리를 만들었다.

"어, 여기 사다리가 있네."

장관님은 배 뒤를 한 바퀴 돌아오더니 줄사다리를 딛고 올라갔다. 소금이도 올라갔다. 동물들도 저마다 올라왔다.

"오! 경치가 정말 아름다워. 가슴이 탁 트이네."

장관님은 배 위에서 잔별늪과 푸른머리 호수를 내려다보았다. 돌

아서서 모자바위와 깔딱고개 쪽을 바라보기도 했다. 새들은 돛대와 돛 줄에 촘촘히 앉아서 쉬지 않고 떠들었다. 어린 멧돼지와 오소리가 배 위를 우르르 뛰어다니자 배가 알맞게 흔들렸다. 바람이 선선하게 불었다. 나무들이 가볍게 일렁이자 파도가 너울거리는 것 같았다. 장관님도 그렇게 느낀 모양이었다.

"배가 앞으로 움직이고 있어!"

장관님은 선장이라도 된 듯이 동물들을 죽 둘러보았다. 어쩌면 검정이를 찾고 있는지도 몰랐다. 그러다가 소금이에게 물었다.

"근데 저 토끼는 아까 갈비를 뜯던 그 토끼 아니냐?"

"이 숲에는 토끼가 아주 많이 살아요."

숲이라는 말에 장관님은 배 바깥을 잠깐 살폈다. 이제껏 너울대던 파도가 나무숲으로 천천히 바뀌어 보이는 모양이었다. 그리고 무엇보다 어미 멧돼지와 눈이 마주치더니 댓바람에 처음 정신으로 돌아왔다.

"내, 내가 왜 여기 있지? 별장으로 돌아가야겠어."

장관님은 배에서 내려가는 줄사다리를 찾았다. 멧돼지가 뱀들에게 한 번만 더 사다리가 되어 주라고 했다.

"아, 여기 있네. 소금아, 네가 먼저 내려가."

소금이가 먼저 뱀 사다리를 타고 내려
왔다. 장관님도 뒤따라 내려왔다. 하지
만 장관님이 땅에 다 내려오기 전에 사
다리 발판 하나가 풀어져 버렸다. 장관님
이 땅으로 쿵 떨어지고 뱀들이 와르르
쏟아졌다.

"으아, 사다리가 모두 뱀이었어!"

장관님은 다리를 절뚝거리며 별장

으로 달렸다. 소금이는 잔별늪 능구렁이에게 다가섰다.

"너, 일부러 그랬지?"

"일부러는 아니야. 너무 무거워서 못 버틴 거지."

"그런데 검정이는 왜 안 보여?"

"검정이는 아까 잠깐 왔다가 산신령님이 찾아서 갔어. 나중에 어디 간다던데, 북한산인가 설악산인가?"

날다람쥐가 대신 말했다. 소금이는 돌아서서 장관님을 따라붙었다.

"이젠 괜찮아요. 천천히 걸으세요."

"다리를 삐었나 봐. 세상에 어떻게 이런 일이 있을 수가 있지?"

"여기 숲에는 이런 일 많아요."

"너도 좀 이상해. 쟤들하고 말이 통하지?"

"그럼요."

"나무하고도?"

"예, 장관님도 그럴 수 있어요."

"아서라, 대체 이 숲이 왜 이러는지 모르겠구나."

"왜 이러는지 정말 모르시겠어요?"

19. 개암골 불꽃놀이

별장에는 주인아저씨가 와 있었다. 그런데 아버지가 무슨 말을 했는지 아저씨 목소리가 꽤나 높았다.

"글쎄 그런 일은 저 위에서 다 알아서 해요! 지금 멧돼지나 물고기 따위가 그렇게 문제요? 아니, 생각이 비슷해야 마주하고 이야기를 나누지 원."

아버지는 소금이를 보더니 더 대꾸하지 않았다.

장관님은 주인아저씨에게 들려줄 말이 많았다.

"내 말 좀 들어 봐요. 숲에서 나무들이 재빨리 움직이면서 길을 내어 주었어요.”

아저씨가 시큰둥한 얼굴로 장관님을 살폈다.

“그 길을 따라 산마루에 올라가서 배를 탔다니까요.”

“배가 산마루에 있었다고?”

“그렇다니까요. 더 놀라운 것은 배에 오르는 줄사다리였어요. 딛고 오를 때는 몰랐는데 내려오면서 보니까 뱀들이 서로 얽혀서 만든 사다리였어요.”

그 바람에 놀라 떨어져서 발목을 삐었다고 하자 아저씨는 장관님 발목을 살폈다. 오른발 복사뼈 둘레가 조금 부어 보였다. 아저씨는 함께 갔던 소금이를 힐끔 보았다.

“모두 참말이에요.”

소금이가 말했다.

“내 뒤를 졸졸 따라다니던 새끼 멧돼지가 너무 귀여웠어요.”

장관님이 말했다. 아저씨는 아버지를 슬쩍 보았다.

“제가 말한 멧돼지일 수도 있겠네요.”

갑자기 아저씨가 큰 소리로 웃었다.

"하하하, 제법 그럴싸한데? 언제 다들 입을 모았지? 발목은 정말 어쩌다 삐었소?"

"됐어요. 토끼가 고기 뜯어 먹은 이야기는 아예 안 하는 게 낫겠네요."

장관님이 방으로 들어가며 말했다.

"뭐요? 하하, 혹시 용궁에 갔던 거 아니오? 당신이 너무 지쳐서 그래요. 좀 쉬어야겠어."

아저씨가 따라 들어가며 말했다. 아버지가 소금이더러 물었다.

"김 서방들이 배를 산으로 옮겼을까?"

"모르겠어. 참, 옻나무는 고집 안 피우고 잘 갔어?"

"응, 마침 붉나무가 와서 잘 타일러서 데려갔어."

조금 뒤에 장관님이랑 아저씨가 다시 방에서 나왔다. 장관님은 읍내 병원에 들른 다음, 산 너머 개암골을 둘러보고 오겠다고 했다.

"소금아, 너도 갈래?"

"네, 개암골에 한 번도 안 가 봤어요."

"아니 애를 거기 뭐하러 데려가요?"

아저씨는 투덜거리면서 차에 올랐다. 별장에는 아버지만 남았다. 차 안에서 장관님이 말했다.

"당신이 하는 일 말린 적 없지만, 이번 일은 이쯤에서 그만두는 게 낫겠어요. 보고서에 따르면 개암골은 골프장이 들어설 자리가 아니에요."

"가 보지도 않고 그래요?"

"설계도를 보니까 산허리를 모조리 자를 모양이던데, 마구잡이로 그러다가 뒤탈이라도 생기면 줄줄이 힘들어요."

"그것도 안 하고 어떻게 골프장을 닦겠소? 돈이 훤히 보이는데, 인제 와서 그만둘 수는 없어요."

"그만둘 때는 산을 처음 그대로 해 놓아야 해요."

소금이가 말했다.

"야, 이 녀석아, 누가 그만둔다 그래? 쪼끄만 녀석이 어른들 이야기에 끼어들기는!"

아저씨는 차를 아주 빠르게 몰았다. 그때 차 옆으로 검정이가 산신령님을 태우고 휙 지나갔다. 장관님이 놀란 눈으로 말했다.

"방금 지나가는 거 봤어요? 검정이예요!"

"나도 봤는데 검정이는 아니오. 검정이가 차보다 빨리 달릴 수는 없지."

"저도 봤어요. 호랑이예요. 검정이는 산신령님 호랑이예요."

"또 끼어든다. 그런 이야기는 네 아버지 앞에서나 해."

"애를 왜 그리 윽박질러요? 산신령인지는 몰라도 등에 뭔가 허연 게 타고 있었어요."

읍내 병원에 닿았다. 발목 사진을 찍었는데 뼈는 괜찮았다. 의사

선생님은 살갗을 살피다가 가시 따위에 긁힌 자국을 찾아냈다. 장관님이 물었다.

"뱀 이빨은 아닐까요?"

"살짝 스친 자국인데, 뱀이라 해도 독뱀은 아닌 것 같습니다."

아저씨는 장관님이랑 의사랑 천장을 번갈아 보았다.

개암골은 산사태를 만난 것처럼 흙이 벌겋게 드러나 있었다. 벌써
산 중턱까지 찻길을 내어 놓았다. 아저씨가 보란 듯이 물구멍을 열
자 뜨거운 물이 뿜어 올랐다.

"여기가 호텔 자리이고, 저어기서 이쪽 숲까지 골프장이 들어설

거요."

아저씨가 숲을 가리킬 때 골짜기에서 말소리가 두런두런 들려왔다.

"거기 누구요?"

골짜기에는 밀짚모자를 눌러 쓴 사람들이 물가에 앉아서 낚시를 하고 있었다.

"피서 왔어요? 여긴 개인 땅이오! 그리고 여기서 무슨 낚시를 합니까?"

아저씨 말에 한 아저씨가 말했다.

"우리는 해마다 여기로 더위를 식히러 와요."

그러면서 낭창낭창한 싸리나무 낚싯대로 물속을 살랑살랑 휘저었다. 낚싯줄도 없는 낚싯대였다. 때마침 한 아저씨 낚싯대가 파르르 떨렸다. 낚싯대를 들어 올리자 끝에 커다란 가재 한 마리가 매달려 나왔다. 그런데 발갛게 익은 빛깔이었다. 밀짚모자 아저씨는 가재를 손바닥에 올려놓고 식히듯이 입김을 후후 불었다. 주인아저씨는 멍하니 지켜보다가 장관님을 보았다. 장관님이 말했다.

"그러고 있지 말고 빨리 뜨거운 물을 잠가요!"

아저씨가 허겁지겁 뛰어가서 뜨거운 물을 잠그고 차가운 물을 틀어 놓고 왔다. 밀짚모자 아저씨들이 돌아가면서 입김을 불자 가재는 조금씩 제 빛깔로 돌아왔다. 다리를 꼬물꼬물 움직였다. 마침내 찬물이 흐르는 개울에 가재를 놓아주자 팔팔하게 살아서 돌아갔다.

밀짚모자 아저씨들은 이제 나무숲으로 들어갔다. 손에는 어느새 소나무 막대기가 들려 있었다. 막대기 끝이 뭉툭한 옹이라서 마치 하키 선수가 쓰는 채 같았다. 아저씨들은 편을 나누어 막대기로 솔방울을 툭툭 치며 다른 편 나무 둥치를 맞히는 놀이를 했다. 장관님과 아저씨와 소금이는 저절로 구경꾼이 되었다. 솔방울을 날리는 쪽이나 막는 쪽이나 팽팽하게 잘해서 좀처럼 점수가 나지 않았다. 그러다가 한 아저씨가 겨드랑이 높이로 솔방울을 휘감아 쳐서 마침내 나무둥치를 딱 맞혔다. 아저씨는 기뻐서 밀짚모자를 벗고 춤을 덩실덩실 추었다.

"어, 아저씨!"

홍두깨 아저씨가 불그레한 얼굴로 싱긋 웃었다. 장관님이 물었다.

"아는 아저씨니?"

"예, 모두 숯골에 사는 아저씨예요. 도깨비골이요."

주인아저씨가 나섰다.

"혹시 젊을 때 운동선수들이었소? 모두 잘 치던데 어디 나하고 한 판 해 볼까요?"

그렇게 누가 솔방울을 잘 치는지 겨루게 되었다. 먼저 나무 막대 기로 멀찍이 떨어진 나무둥치를 맞히기로 했다. 땅딸보 사발 아저씨 가 나서서 쉽게 맞혔다. 하지만 주인아저씨 솔방울은 나무둥치를 살 짝 벗어났다.

"너무 가까워요. 골프처럼 멀리 치는 맛이 있어야지. 저 위 바위 아래 저 나무를 맞히기로 합시다."

"저 모과나무는 안 됩니다. 이 산에서 가장 신성한 나무요."

털북숭이 멍석 아저씨가 말했다.

"그럼 저쪽 언덕 삽차는 어떻소? 내가 먼저 하겠소."

아저씨가 다리를 어깨너비만큼 벌리고 나무 막대기로 솔방울을 힘껏 쳤다. 솔방울이 하늘로 솟아올라 날아가다가 중간에 힘을 잃고 떨어져 버렸다. 이번에는 절굿공이 아저씨가 나서서 허리를 부드럽

게 꺾으며 솔방울을 쳐올렸다. 솔방울이 쭉쭉 날아가서 삽날 바구니 안으로 쏙 들어갔다.

"이 나무 막대기는 나한테 안 맞아요. 골프채를 가져올 테니 기다리시오."

아저씨는 급히 자동차로 달려가서 골프채와 골프공을 짐칸에서 꺼내 왔다. 이제 김 서방 아저씨들은 나무 막대기로 솔방울을 치고 주인아저씨는 골프채로 골프공을 쳤다. 그리해도 주인아저씨 골프공은 번번이 삽차를 피해 떨어졌다.

"똑같이 이걸로 해 봅시다."

똑같이 골프채와 골프공을 써도 마찬가지였다.

"그만하세요. 이겨서 뭐하려고 그리 애를 써요?"

장관님이 말렸다. 주인아저씨는 쓴웃음을 지으면서 골프채를 자기 옆구리에 기대 세웠다. 그리고 지갑에서 작은 네모 종이를 꺼내 김 서방 아저씨들에게 내밀었다.

"나중에 골프장 문 열면 꼭 연락하시오. 모두 일자리를 주겠소."

"허허, 말은 고맙소. 나중에 골프장을 못 열면 연락하시오. 그때는

우리가 일자리를 주겠소."

털북숭이 멍석 아저씨가 웃으며 말했다. 주인아저씨가 따라서 허허허 웃었다. 모두 하하하 웃었다.

해거름 산 그림자가 개암골을 어둑하게 덮었다. 삼태기 아저씨가 삽차로 달려가서 삽날 바구니에 모인 솔방울을 모두 안고 왔다. 김서방 아저씨들은 나무 막대기로 마른 솔방울을 하나씩 하늘로 쳐올렸다. 솔방울이 높이높이 올라가 꽃잎처럼 둥그렇게 흩어졌다.

산 너머에서 비치는 햇살을 받아 불꽃처럼 빛났다. 주인아저씨도 골프채로 솔방울을 하늘로 쳐올렸다. 장관님이 고개를 뒤로 젖힌 채 손뼉을 쳤다. 여기저기서 불꽃이 펑펑 터졌다. 꽃송이 같았다. 갖가지 꽃송이가 개암골 하늘을 아름답게 물들였다.

20. 할아버지, 꼭 다시 오세요!

　한바탕 불꽃놀이를 마치고 김 서방 아저씨들은 어둑한 숲길로 줄지어 걸어갔다. 더벅머리 아저씨가 소금이 옆을 지나면서 솔방울 하나를 건넸다.

　소금이가 그 솔방울을 살짝 던져 올리자 굴뚝새로 바뀌었다.

　소금이가 굴뚝새를 따라나서면서 말했다.

　"저는 아저씨들이랑 갈래요."

　"얘, 겁도 없이 어딜 따라가? 우리랑 돌아가야지!"

　장관님이 소리쳤다.

"걱정 마세요. 산길을 질러서 제가 집에 먼저 가 있을 거예요."

개암나무 비탈길을 걸어 올라가자 모자바위 아래 모과나무가 어렴풋이 보였다.

"모과나무 할아버지 처음 뵙지? 가서 인사드리고 오렴."

땅딸보 사발 아저씨가 말했다. 소금이가 모과나무 앞으로 다가섰다.

"나무 할아버지, 안녕하세요?"

얼마나 오래 사셨는지, 울퉁불퉁한 둥치가 마치 촛농이 녹아내린 양초 토막 같았다. 가운데는 텅 비어서 어둠이 소복이 쌓여 있었다.

"안 들리세요? 저 소금이예요!"

더 큰 소리로 말하자, 나무둥치 가운데서 둥그런 눈알 두 개가 나타났다.

"그렇게 크게 말하면 못 알아들으셔. 작게 속삭여 보렴."

머리 깃털이 귀처럼 주뼛한 수리부엉이가 말했다.

"모과나무 할아버지, 저 소금이예요."

소금이가 아주 작은 소리로 속삭였다.

개암나무

"누구, 소금이? 네 이야기 많이 들었다. 네가 땅 밑에 다녀온 그 아이구나."

"저를 아세요?"

"물꼬대왕한테서 들었지. 나는 땅 위와 땅 아래를 두루 본단다."

"아, 그럼 마음버섯도 아세요? 개다래나무는요? 물꼬지기 노래기도요?"

소금이가 소곤소곤 물었다.

"허허, 안개늪 동물들이 답답하고 분한 마음에 두런거리는 소리까지 다 듣지. 지금은 저 김 서방들이 너를 기다리면서 늦겠다고 중얼거리는구나."

"알겠어요. 물꼬대왕님은 잘 계시나요? 다음에 와서 이야기 듣고 싶어요. 그래도 되죠?"

"그러렴. 나도 말동무가 그립단다."

소금이는 모과나무 할아버지와 헤어져서 다시 산길을 걸었다. 달이 떴다. 꼭 삶은 감자처럼 노랗다. 고개를 넘어서자 숯골 산자락이 치마폭처럼 펼쳐졌다. 김 서방 아저씨들이 저마다 몸을 웅크리더니 비탈을 굴러 내려갔다.

"뭐 해? 몸을 웅크리고 구르면서 네가 돌이라고 생각해 봐!"

삼태기 아저씨가 말했다. 소금이는 얼결에 몸을 말고 굴러 보았다.

'나는 구르는 돌이다.'

하지만 겨우 두 바퀴쯤 구르다 산철쭉 덤불에
걸려 버렸다.

"안 되겠다. 내 품에 안겨."

삼태기 아저씨 가슴에 안겼다. 아저씨가
쿵쾅거리며 굴러 내려갔다. 소금이는
돌 속에 들어 있는 느낌이었다.
귓속에서는 풀벌레 소리

리가 요란했다. 어지러웠다.

언제 잠이 들었는지 깨어 보니 집 앞이었다. 세찬 불빛 두 줄기가 눈을 찌를 듯이 다가와서 섰다. 차 소리를 듣고 아버지가 뛰어나왔다.

장관님과 주인아저씨는 다음 날 아침 일찍 별장을 떠났다. 숲을 건너온 바람이 제법 서늘했다.

"하늘이 무척 파랗구나."

소금이는 아버지를 따라 하늘을 올려다보았다. 구름 한 조각이 돛단배처럼 떠 있었다.

"참, 마당바위에 있는 배는 어떻게 됐지?"

"잔별늪 나루에 곱게 떠 있더라."

그때 검정이가 별장으로 성큼 들어섰다.

"어, 검정아, 이렇게 일찍 어쩐 일이야?"

"할아버지가 돌아가라고 하셨어. 나 인제 호랑이굴에 안 가도 돼."

"뭐라고? 왜?"

"할아버지는 곧 북쪽으로 가신대. 간밤에 온 나라 산신령님들이 북한산에 모여서 이야기를 했는데, 할아버지가 흰머리산 산신령님으로 가시기로 했대."

"흰머리산이라고?"

소금이가 되묻자 아버지가 부엌으로 들어가면서 대신 말했다.

"백두산이 우리말로 흰머리산이야."

검정이가 이어서 말했다.

"흰머리산 호랑이가 할아버지를 모시러 올 거래. 그런데 장관님이랑 주인아저씨는?"

"이제 막 떠났어. 조금만 일찍 왔으면 만났을 텐데."

아버지가 상을 차렸다. 셋이 아침을 먹었다. 아버지는 장에 나가 보겠다고 했다. 아무래도 주인아저씨가 골프장 공사를 그만두지 않을 것 같다면서 걱정스럽게 말했다.

"곧 공사를 알리는 잔치를 크게 열 모양이더라."

소금이는 호랑이굴로 할아버지를 뵈러 가기로 마음먹었다. 검정이가 태워 주겠다면서 함께 나섰다.

"그냥 나란히 걸어가자."

함지골을 지날 때 박새 한 쌍을 만났다. 개울가 모래

박새

흙에서 흙 목욕을 하다가 소금이를 보더니 소리쳤다.

"어, 꼬마 산신령! 어디 가?"

"내가 왜 꼬마 산신령이야? 지금 산신령 할아버지한테 가는 길이야."

"할아버지가 북쪽으로 떠나신다며? 숲에 소문이 쫙 퍼졌어."

그때, 하늘에서 누가 외쳤다.

"소금아! 나 날고 있어!"

"저게 뭐지? 매 아니야?"

하늘 높이 무언가 날고 있었다. 박새 두 마리가 서둘러 나무숲으로 사라졌다. 가만히 보니 커다란 깃털이었다.

"보여? 나 왼돌이야! 산신령 할아버지가 물수리 깃털을 돌려주셨어!"

왼돌이 달팽이가 깃털을 물고 날고 있었다.

"그만 내려와, 내려와!"

검정이가 걱정이 돼서 껑충껑충 뛰는데도 왼돌이는 곧장 잔별늪 쪽으로 날아갔다.

첫내골을 거슬러 마침내 호랑이굴에 닿았다. 할아버지가 벽을 마주 보고 있었다.

"할아버지, 무슨 생각하세요?"

"누구냐! 어떤 고얀 녀석이 잠을 깨워?"

"주무셨어요? 소금이예요. 할아버지가 떠나신다고 해서 왔어요."

"호랑아, 너는 왜 다시 왔냐!"

그러면서 고무신 한 짝을 집어서 소금이한테 던졌다.

"다시 온 거 아니에요. 그냥 저하고 같이 왔어요."

소금이가 고무신을 주워들며 말했다.

"거기 물이나 좀 떠 와. 목마르다."

소금이가 첫내골 으뜸샘으로 쏜살같이 달려가서 고무신에 물을 담아 왔다. 할아버지는 고무신 뒤축으로 물을 달게 마셨다.

"너도 목마르냐?"

할아버지가 물을 조금 남겨서 내려놓자 검정이가 혓바닥으로 핥아 먹었다.

"할아버지, 흰머리산에 가는 길에요, 철조망이 있잖아요. 거기를 어떻게 지나가실지 걱정이에요."

"그 철조망은 벌써 삭아 없어진 거나 다름없단다. 있으나 마나지. 그보다 더 넘기 어려운 철조망이 있지."

"어떤 철조망인데요?"

"사람 마음속에 있는 철조망."

"에이, 설마요. 아무튼 흰머리산 호랑이는 철조망을 쉽게 넘을 수 있지요?"

"이늠아, 그 철조망은 헛것이라니까! 그깟 철조

망이야 깔딱고개 너머 김 서방들이 하룻밤이면 다 걷어내 버리지."

"예? 그럼 그렇게 해 버려요! 그게 좋겠어요."

"어이구, 이 녀석아! 철조망이 거기만 있는 것이 아니래도!"

"또 어디 있는데요? 아, 제 마음속에는 없어요."

"그래, 모두 너만 같아라. 후유, 숨차다."

"자꾸 소리를 높이시니까 그렇지요. 할아버지가 보고 싶으면 어떻게 해요? 숲 속 동무들도 그리워할 거예요."

"나도 달팽이산이 그리울 게다."

"앞으로 달팽이산은 누가 돌봐요? 새 산신령님은 언제 오시는데요?"

"안 온다."

"예에? 그럼 호랑이굴은 비워 놓아요? 개암골 물구멍은 어쩌고요? 골프장을 막아야 하잖아요!"

"그래서 내 호랑이를 너한테 보내지 않았느냐? 이 굴도 이제 너희 굴이다."

검정이가 목을 주욱 뽑으며 어깨를 한 번 추슬렀다.

"우리가 이 굴을 지켜요? 그럼 나이 많아지면 할아버지처럼 되는 거예요?"

"왜, 그게 못마땅해?"

"혹시나 저도 모르게 소리를 지르고 성을 낼까 봐서요."

"떼끼! 이늠아, 내가 언제 그랬느냐!"

"지금도 그러시잖아요."

소금이가 뒤로 슬금슬금 물러나면서 말했다. 검정이는 미리 굴 밖으로 나가 있었다.

"요 고얀 녀석들! 어딜 슬슬 내빼는 게야? 게 섰거라!"

고무신이 휙 날아왔다. 소금이는 얼른 검정이를 타고 내뺐다.

"아부지한테 맛있는 거 해 달래서 또 올게요."

할아버지가 굴 밖까지 나와서 뭐라고 소리를 높였다.

그 이튿날, 한밤중에 아버지가 소금이를 깨웠다.

"소금아, 할아버지가 떠나시려나 보다."

"오늘 밤에?"

눈을 비비면서 아버지를 따라나섰다. 검정이도 함께 나섰다. 풀잎에 맺힌 이슬을 발등으로 차면서 잔별늪을 지나 물오름재 마당바위에 올랐다. 숲 속 동무들도 보였다.

"이렇게 빨리 가실 줄 몰랐어. 맛있는 거 갖다 드린다고 약속했는데."

"낮에 수수찰밥이랑 국화술 한 병 가져다 드렸다."

아버지가 모자바위 쪽을 올려다보며 말했다.

이윽고 모자바위 너머에서 빛이 환하게 솟아올랐다. 두 줄기 빛이 둥그렇게 하나로 어우러진 빛 덩어리였다. 빛은 모자바위에 잠깐 멈추었다가 산자락을 내리달아 숲골로 사라지더니, 곧 깔딱고개에 나타났다. 그러더니 한달음에 호랑이굴로 들어갔다. 굴 밖으로 빛이 부옇게 비쳐 나왔다. 온 숲이 숨을 고르듯 조용했다.

드디어 산신령 할아버지가 흰머리산 호랑이를 타고 굴에서 나왔다. 깔딱고개로 성큼 올라가서 잠깐 멈추었다.

"할아버지, 안녕히 가세요!"

소금이가 손바닥을 둥글게 모아 입에 대고 말했다. 골짜기마다 숲 속 동무들도 소리 높여 인사를 했다. 아버지는 두 손을 모으고 머리를 숙였다.

할아버지는 깔딱고개를 넘어 숯골로 잠깐 사라졌다가 산비탈을

빠르게 거슬러 올라 모자바위 위에 다시 섰다.

"다음에 꼭 다시 오세요!"

"할아버지, 잘 가세요!"

온 숲이 깨어서 할아버지를 배웅해 드렸다.

21. 곰실에서 살고 싶어요

"소금아, 검정이랑 둘이 한 며칠 지낼 수 있겠어?"

"어, 또 엄마 찾으러 가?"

소금이는 가을이 온 것을 느꼈다. 아버지는 철이 바뀔 때마다 엄마를 찾아서 도시로 나갔다가 온다. 봄이 올 때도 그랬고, 봄이 여름으로 바뀔 때에도 그랬다. 저번에는 소금이도 함께 도시로 따라가서, 엄마처럼 마음을 다친 사람을 돌보는 곳을 여러 군데 둘러보고 왔다.

다음 날 이른 아침, 아버지는 미리 꾸려 둔 가방을 메고 엄마를 찾으러 떠났다. 소금이랑 검정이는 개암골에 가 보기로 했다. 가는 길에 밤나무 숲에서 다람쥐를 만났다. 겨울에 꺼내 먹으려고 알밤을 땅에 묻고 있었다.

"묻어 놓은 곳을 나중에 어떻게 아니?"

"배가 고프면 내가 안 묻은 것도 찾을 수 있어."

소금이는 알밤을 몇 개 주워서 호주머니에 넣었다. 검정이가 밤송이들 사이에서 고슴도치를 찾아냈다.

"도치야, 여기서 뭐 해?"

"벌레 먹은 밤을 찾고 있어."

"우리랑 개암골에 갈래?"

"바빠서 안 돼. 겨울잠을 자려면 벌레를 바지런히 찾아 먹어야 해."

첫내골과 선녀골 갈림길에서는 고라니 '그러니'를 만났다. 물 마시러 내려온 줄 알았더니 붉나무 열매를 핥아 먹고 있었다.

"어떤 맛이야?"

"짠맛. 가끔 소금을 먹어야 해. 그래야 추위를 이기지."

이제 막 가을로 들어섰는데 모두 겨울을 생각하고 있었다.

깔딱고개에 올라섰다. 도깨비골이 한눈에 들어왔다. 옛날에는 숯골이었다. 숲 어디쯤에 곰실 마을이 포근히 안겨 있을 것 같았다. 옛날 무덤 돌기둥 사이로 들어가서 만났던, 어릴 적 엄마 모습이 떠올랐다. 임순영. 소금이는 마음속으로 엄마 이름을 불러 보았다.

검정이가 소금이를 태우고 바람보다 빨리 달렸다. 옛날 무덤을 지날 때 굴뚝새 몇 마리가 따라오더니 뒤에 처져 버렸다. 단숨에 개암골에 닿았다.

하늘에 떠 있는 커다란 고무풍선이 맨 먼저 눈에 들어왔다. 풍선에는 골프장 공사를 축하하는 드림막이 매달려서 나부꼈다.

건너편 언덕에서 땅을 파는 기계 소리가 크르르르 들렸다. 검정이가 기계를 보며 컹컹 짖었다. 소금이는 모과나무 할아버지한테 갔다.

"나무 할아버지, 일이 바빠졌어요."

"……."

"정말로 골프장이 들어서려나 봐요."

소금이가 더 작게 속삭였다. 그제야 할아버지가 말했다.

"그러게, 내가 너무 오래 살았어. 별일을 다 보는구나."

"어떻게 해요? 나무가 자꾸 잘려나가요."

"물구멍을 막아야 해. 땅 밑에서도 걱정이 많을 거다."

"물꼬대왕님도 아실까요?"

"알아도 뜨거운 물은 어쩌지 못해."

"차가운 물이라도 막아야 해요. 제가 대왕님을 만나야겠어요. 할아버지, 길이 없을까요?"

"내 안에 길이 하나 있기는 있지. 내 굵은 뿌리는 오래되어서 속이 비어 있단다. 그렇지만 너는 커서 안 돼."

"그럼, 다람쥐는요?"

"다람쥐도 커."

"고슴도치는요?"

"더 작아야 해."

그때 모과나무 둥치 속에서 수리부엉이가 졸린 눈으로 얼굴을 내밀었다.

"그렇게 마음대로 정하면 안 되잖아. 갈 만한 동무한테 물어보는 일이 먼저지."

듣고 보니 부엉이 말이 옳았다.

"그래야겠어. 할아버지, 수리부엉이도 너무 크지요?"

"하이참, 먼저 물어봐야 한다니까."

수리부엉이가 눈을 커다랗게 뜨고 웃었다.

"나무 할아버지, 물꼬대왕님을 만나러 갈 동무를 정해서 다시 올게요."

소금이 말이 떨어지기 무섭게 검정이가 소금이를 태우고 휙 내달렸다.

도깨비골에 닿으니 김 서방 아저씨들이 옛날 무덤 옆에서 쿨쿨 자고 있었다.

"모두 일어나세요! 지금 낮잠 잘 때가 아니에요. 개암골에 공사를 알리는 풍선이 떴어요."

그러자 도리깨 아저씨가 부스스 눈을 뜨며 물었다.

"거기 가면 수건 한 장씩 주나?"

뒤따라 절굿공이 아저씨도 일어났다.

"나도 수건이 있어야겠어."

"지금 수건이 탐나세요? 개암골이 없어진다고요!"

다른 아저씨들도 모두 잠을 깼다.

"달게 자는데 왜 그렇게 떠들어?"

털북숭이 멍석 아저씨가 일어나더니 도깨비방망이로 등을 벅벅 긁어 댔다. 소금이가 모과나무 할아버지랑 나눈 이야기를 차근차근 말했다.

"차가운 물구멍은 그렇게 막는다 치고, 남은 것은 뜨거운 물구멍인데."

멍석 아저씨는 울퉁불퉁한 방망이로 땅을 툭툭 치며 생각에 잠겼다.

"아, 빨간 구슬! 옴개구리가 있잖아?"

"하지만 구슬이 몸속에 있어서 꺼낼 수가 없어요."

"배를 갈라야지! 아니면 옴개구리를 고대로 뜨거운 물구멍에 던져 넣든가!"

"아저씨, 왜 그러세요? 그 방망이 때문인가 봐요. 어서 내려놓으세요!"

멍석 아저씨가 방망이를 돌기둥에 기대 세우며 말했다.

"아무튼 옴개구리를 한번 만나 봐."

"알겠어요. 그렇지만 아저씨 말 대로는 못 해요."

김 서방 아저씨들과 헤어져서 깔딱고개를 오르다가 날다람쥐를 만났다.

"하늘보자기! 옴개구리 팥떡 못 봤니?"

"못 봤어. 호주머니 속에 뭐야?"

소금이는 알밤을 꺼내 주며 팥떡을 좀 찾아보라고 일렀다. 집으로 오면서 호미골 콩밭머리에 잠깐 앉아서 쉬었다. 마음은 급한데 앞이 막막했다. 잎이 누렇게 물들어 가는 콩밭을 보면서 소금이가 중얼거렸다.

"누가 땅 밑에 가면 좋을까?"

"내가 가면 되지."

어디선가 이런 소리가 들렸다. 검정이도 눈을 동그랗게 떴다. 한 번 더 물어보았다.

"누가 땅 밑에 가지?"

"내가 가면 되지."

콩밭 뒷 고랑에서 나는 소리였다. 달려가 보니 아무도 안 보이고 지렁이 한 마리가 흙 속에서 머리를 사부자기 내밀었다.

"혹시 네가 대답했니?"

"땅속으로 들어가는 일은 내가 잘해."

"한두 뼘 들어가는 게 아니라 땅속 나라까지 가야 해."

"그것참 신 나겠는걸. 그런데 왜 가야 하는데?"

"그건 가면서 이야기해 줄게."

소금이는 지렁이와 함께 검정이 등에 탔다. 금세 모과나무 할아버지 앞에 닿았다.

"할아버지, 지렁이는 어때요?"

"꼭 알맞은 동무를 데려왔구나. 지렁아, 가다가 길이 막히면 길을 먹어치우면서 나아가거라."

그렇게 지렁이는 땅속 나라로 떠났다.

"인제 옴개구리를 찾아봐야겠어요."

모자바위와 깔딱고개를 단숨에 넘어 첫내골 으뜸샘에 닿았을 때, 날다람쥐를 다시 만났다.

"아무도 팥떡이 있는 곳을 몰라. 그런데 소문 들었어? 선녀골에 선녀가 내려왔대."

"하하, 누가 그래?"

"어치한테 들었는데, 온 숲에 소문이 좍 퍼졌어. 가 보자."

선녀골로 가는 길에 마침 어치를 만났다. 날다람쥐가 냉큼 물었다.

"선녀 봤어?"

"응, 그런데 아줌마 선녀야."

선녀골에 이르자 콧노래 소리가 들렸다. 어떤 아줌마가 물에 발을 담근 채 등을 보이고 앉아 있었다. 소금이가 다가가자 고개를 돌려 바라보았다. 그리고 한동안 둘 다 몸이 굳어 버렸다. 소금이는 혀도 굳어 버렸다. 엄마였다.

"어, 우리…… 만난 적 있지? 호두나무. 맞아, 저 날다람쥐! 꿈이었나?"

"꿈 아니에요. 그때 도시로 가고 싶다고 그랬잖아요."

"그랬니? 인제 도시에 안 갈 거야."

"아부지는 도시로 엄마를 찾으러 갔어요."

"아부지?"

"예, 석구 오빠요."

"아, 석구 오빠아."

엄마는 무릎에 얼굴을 묻고 한참 동안 흐느꼈다. 그러더니 손바닥으로 눈물을 훔치며 물었다.

"우리 이룸이는?"

"저예요, 엄마! 처음에는 이룸이, 그다음에는 이름이, 이젠 소금
이에요."

엄마가 맨발로 다가와서 소금이를 포옥 껴안고 머리카락을 부드
럽게 어루만지면서 속삭였다.

"꿈이 아니었어."

"인제 아무 데도 가지 말아요. 곰실에서 같
이 살아요."

소금이는 엄마 등을 손으로 쓸어 보았다. 정
말 꿈이 아니었다.

엄마와 집으로 왔다. 서로 할 이야기도 많았
다. 소금이는 달팽이산에서 일어난 일들을 엄
마한테 들려주었다. 산신령 할아버지와 김 서
방 아저씨들과 물꼬대왕님과 버섯 아이들과 물
오름재에 올라간 돛배와 개암골 물구멍까지. 엄
마는 어릴 적 곰실 마을 이야기를 엊그제 일처
럼 초롱초롱 늘어놓았다.

"그런데 석구 오빠는 숯 팔러 가서 왜 이리 안 오지?"

"올 거예요. 걱정 마세요."

이따금 앞뒤가 안 맞는 말을 해도 소금이는 참따랗게 들어 주었다.

사흘 만에 아버지가 돌아왔다.

"순영아!"

"석구 오빠!"

엄마는 그저 숯 팔러 장에 다녀온 오빠를 반기듯이 웃으며 맞았다. 그날 저녁은 검정이까지 네 식구가 다시없이 고마운 마음으로 먹었다. 소금이는 털북숭이 멍석 아저씨가 준 붓으로 달력 종이에 엄마 얼굴을 그려서 대문에 붙였다. 다음 날 아침, 대문 앞에는 머루와 다래가 소복이 놓여 있었다. 만나는 숲 동무마다 마냥 기뻐해 주었다. 그때까지도 팥떡은 안 보였다. 풀과 나무들도 있는 곳을 모르고 숲 동무들도 하나같이 간 데를 몰랐다. 황소개구리가 말했다.

머루와 다래

"팥떡이 일부러 숨은 것은 아닐까? 아니

면 다른 숲으로 떠나 버렸거나."

"잘 모르면서 그렇게 말하지 마."

골프장 공사 잔칫날이 되었다. 검정이와 소금이는 숲 동무들과 깔딱고개를 넘어 모자바위 쪽으로 올라갔다. 김 서방 아저씨들이 먼저 와서 개암골 잔치 마당을 내려다보고 있었다. 달팽이산에서 골골샅샅 터를 잡고 살아가는 여러 목숨들이 다 모여서 내려다보았다.

어디서 오는지 사람들이 버스 여러 대에 나누어 타고 왔다. 검은 자동차도 줄줄이 닿았다. 두 물구멍에서는 물줄기가 콸콸 뿜어져 나왔다.

"지렁이는 아직 물꼬대왕님을 못 만났을까?"

검정이가 말했다. 까마귀 떼가 개암골 하늘 위를 슬피 울며 날았다. 멧돼지가 분을 못 이겨 달려 내려가려는 걸 동무들이 어렵게 말렸다. 대신에 잔치 끝머리에 쏴 올릴 폭죽 전선을 갉아 끊어 놓겠다며 들쥐들이 몰래 내려갔다. 소금이는 모과나무 할아버지한테 갔다.

"할아버지, 우리 힘으로는 안 되겠어요."

"그런 말은 더 있다가 해도 늦지 않아."

할아버지 말이 끝나기 바쁘게, 차가운 물구멍에서 솟아나오던 물줄기가 사그라져 버렸다. 사람들이 물구멍 둘레에서 물줄기를 다시 쏟아지게 하려고 허둥거렸다.

"지렁이가 해냈어."

검정이가 말했다. 그렇지만 뜨거운 물줄기는 그대로 솟구치고 있었다.

"이럴 때 팥떡은 도대체 어디서 뭘 하고 있담."

누군가 살짝 투덜거렸다. 그때 수리부엉이가 날개를 탁탁 치며 말했다.

"잠깐! 모두 조용히 귀를 기울여 봐. 모과나무 할아버지가 어떤 소리를 들으셨대."

"깔딱고개 쪽이야."

"개구리 소리 같아. 팥떡인가?"

귀 밝은 동무들이 하나둘 말했다. 소금이는 검정이와 한몸이 되어서 깔딱고개 쪽으로 내달렸다. 날쌘 토끼 '솔바람'도 뒤따라 달렸다. 소리는 뜻밖에 호랑이굴에서 들려왔다. 굴 안에서 붉은빛이 새어 나왔다.

세상에나! 팥떡이 빨간 구슬을 꼭 안고 있었다.

"내가 낳았어."

그러고는 맥없이 까무러쳐 버렸다.

"팥떡은 내가 돌볼 테니까, 얼른 구슬을 가지고 개암골로 가."

솔바람이 말했다. 소금이와 검정이는 구슬을 지니고 다시 개암골로 내달렸다. 붉은빛을 보고 숲 동무들이 모두 소리를 질렀다.

"그런데 이 구슬을 어떻게 저 뜨거운 물구멍에 넣지?"

소금이가 동무들을 둘러보며 물었다. 아무도 선뜻 나서지 않았다. 그때 털북숭이 멍석 아저씨가 말했다.

"그건 우리한테 맡겨."

김 서방 아저씨들이 서로 머리를 맞대고 수런거리더니, 절굿공이 아저씨를 앞으로 내세웠다. 이윽고 절굿공이 아저씨가 뭉툭한 소나무 막대기를 휘두르며 모자바위 위에 섰다.

"아저씨는 해낼 수 있어요."

소금이가 절굿공이 아저씨 앞에 빨간 구슬을 가만히 놓으며 말했다. 아저씨가 싱긋 웃었다. 모든 동무들이가 가슴을 졸이며 지켜보았다. 소금이도 숨을 낮추고 아저씨 몸짓을 따라 속으로 힘을 보탰다.

"딱!"

드디어 빨간 구슬이 솟아올랐다. 구슬은 높이 솟아올랐다가 곧바로 산줄기처럼 흘러내려, 물줄기를 뚫고 물구멍 안으로 들어갔다. 빨간 물방울들이 비 오듯이 쏟아졌다. 사람들이 놀라서 웅성거렸다. 공사 시작을 알리는 폭죽을 쏘아 올릴 차례가 되었지만, 숲 속 동무들은 벌써 등을 돌려 저마다 자기네 골짜기로 발걸음을 옮겼다. 아무도 폭죽이 터질 거라고 믿지 않았다. 들쥐들은 언제 돌아갔는지 보이지도 않았다. 호랑이굴로 팥떡을 보러 가는 동무도 있었다. 김 서방 아저씨들도 숲 동무들과 함께 산자락 내리막길을 어우렁더우렁 걸었다.

"모과나무 할아버지, 자주 놀러 올게요. 앞으로 어쩌면 숯골 곰실에서 살지 몰라요."

검정이와 소금이는 산꼭대기에 올라 달팽이산 여러 골짜기를 한 눈에 굽어보았다. 골짜기마다 가을빛이 곱게 스미고 있었다.

세상에 있는 여러 목숨들과 만나보세요

　세상에는 수많은 목숨이 있습니다. 우리 눈에 잘 보이지 않는 땅속을 기어 다니는 조그만 벌레부터 하늘을 나는 새, 동물의 왕이라 불리는 사자와 호랑이, 그리고 사람. 이 모든 것들이 서로 어울려 살아가고 있습니다. 이 모든 동물은 똑같이 하나의 목숨을 가졌고, 저마다 힘껏 살아가고 있습니다. 눈에 보이지도 않을 만큼 조그만 벌레도, 세상의 주인이라고 하는 사람도 그 목숨 값을 저울에 달면 누구나 똑같은 무게가 될 것입니다.

　이 동화책에는 이처럼 여러 목숨들이 등장합니다. 평소에 우리는 전혀 조금도 마음 쓰지 않던 목숨들입니다. 고슴도치, 능구렁이, 물총새,

왕사마귀, 오소리, 고라니, 산토끼, 실베짱이, 다람쥐, 청설모, 호랑나
비, 산개구리, 달팽이, 검정개, 이 모든 것들이 살아가는 세상입니다.

그뿐만 아닙니다. 온갖 종류의 나무들도 하나의 생명으로 등장합니다.

이 모든 목숨은 사람이 살아가듯이 그렇게 함께 놀고, 이야기하고, 어
려운 일이 있으면 힘을 합해 헤쳐나가며 살아갑니다. 산신령과 검정개
가 서로 이야기를 나누고, 나무와 나무가 이야기를 나누며 신 나게 놀
기도 하며 살아갑니다. 사람과 도깨비와 산신령 할아버지, 그리고 살아
있는 모든 것이 서로 마음을 나누며 살아가는 것입니다. 무엇보다 우리
가 옛이야기에서 만났던 신기하고 재미나게 생긴 도깨비들을 만날 수

있습니다.

이 이야기를 쓴 김우경 선생님은 세상에 살아 있는 모든 것은 자연 속에서 주어진 생명이 자유롭고 평등하게 살아가야 한다는 생각을 갖고 있습니다. 생명에 높고 낮음이 있을 수 없다고 여기기 때문이지요.

이 책을 읽는 재미는 세상에 살아 있는 수많은 목숨들이 사랑하고, 기뻐하고, 삐치고, 뭔가를 하고 싶어 하는 모습과 함께 그들이 지닌 다양하고 재미있는 생김새와 특징을 알 수 있습니다. 산속에서 살아가는 목숨들이 서로의 특징과 생김새를 보며 서로 이름을 지어 불러 주니까요. 자라는 '뻥쟁이'입니다. 걸핏하면 용궁이 어디 있는지 안다며 으스대기 때문입니다. 오소리는 풀꽃들이랑 잘 지내니까 '꽃소리'가 됩니다. 독을 지닌 살무사는 '머리세모몸통통이'라는 조금 긴 이름을 새로 얻기도

합니다. 이렇게 보면 세상에 있는 목숨들이 사랑스럽고 귀한 존재로 다가오기도 합니다.

이 책은 우리나라 사람이면 누구나 즐겁게 읽을 수 있는 스물한 가지 이야기가 실려 있어요. 한 편씩 읽어도 되고, 이어서 읽어도 각각의 이야기들이 살아서 우리에게 다가옵니다.

이야기를 읽다 보면 세상의 모든 목숨들과 함께 어울려 살아가는 아름다운 세상을 만들기 위해서 지켜야 할 것들이 무엇인지 저절로 알게 됩니다.

이 책은 여러분들에게 세상에 있는 수많은 목숨들이 여러분 마음에 전하는 사랑과 자유, 평등과 평화의 마음을 가득 느낄 수 있게 할 것입니다.

조월례(어린이 책 전문가)